AF337796

ÉPITRE

A

M. OLIVIER,

CURÉ DE SAINT-ÉTIENNE-DU-MONT,

A SON AVÈNEMENT;

PAR M. DESTRAVAULT,

ANCIEN MAGISTRAT, NÉ L'ANNÉE DE LA MORT DES JÉSUITES.

Rorate cœli desuper et nubes pluant justum.

Touché de nos pleurs, ciel, désigne à MONSEIGNEUR,
Pour guide, à SAINT-ÉTIENNE, un saint prédicateur !
A sa voix, des pasteurs tu nous donnes l'élite :
Mieux il suit Jésus-Christ, moins il est *jésuite.*

A PARIS,

CHEZ L'AUTEUR, RUE DES FOSSÉS-SAINT-JACQUES, N° 4,
ET CHEZ TOUS LES LIBRAIRES.

1828

IMPRIMERIE DE HUZARD-COURCIER,
rue du Jardinet, no 12.

ÉPITRE

A

M. OLIVIER,

CURÉ DE SAINT-ÉTIENNE-DU-MONT,

A SON AVÈNEMENT.

————

A qui plus qu'aux ÉLUS, dans l'intérêt des cieux,
Convient-il de parler le langage des *dieux?*
Idiome de l'âme et des vœux qu'elle inspire,
Ce qu'il dicte à l'esprit, d'elle seule il l'aspire.
Dans leur prose, leur art, les esprits lents, glacés,
Lancent, méticuleux, leurs arrêts compassés.
Mais l'âme, en souveraine, éveille, émeut, anime;
De ses feux elle embrase un élan légitime.
Grâce, paix, sur la terre elle t'y fait régner;
A ta voix, en tes eaux nous volons nous baigner.
Fleuve des purs accords, source de poësie,
Qui me brûle en ses bains et là seul m'extasie,
Je sens tes eaux bondir dès qu'un vert OLIVIER
Les soulève d'un geste, admirable levier!
   Docile à l'Évangile, et sans art et sans crainte,
La voix de l'Esprit-Dieu répand l'onction sainte.

Les oreilles au guet, tous les seins haletans
Aspirent sa parole et comptent les instans.
Il n'a rien préparé que son âme à la grâce ;
Elle seule, par lui, remplit les cœurs, l'espace.
Chacun de s'écrier : Les cieux sont-ils ouverts ?
De vices, nos saints lieux vont devenir déserts !
Tout âme, l'un pour l'autre ardens d'un feu céleste,
Aux pauvres ouvrons l'urne aux avares funeste :
Moissonnons, il est temps, des plaisirs le plus pur :
Au sein du pauvre, en Dieu, cherchons un produit sûr;
Précieux champ d'amour, où Dieu plaça la mine
Fertile en diamans, en perles, en hermine,
Du bon, pierre de touche, et du luxe, trésor,
Unis pour maintenir riche, indigent d'accord.
A l'exemple divin, c'est le don qui précède ;
Le mérite est l'effet ; des bienfaits il procède.
La grâce nous prévient ; comme elle prévenons
La vertu chez le pauvre, attendri par nos dons.
Exiger sa vertu ! sophisme de l'orgueil.
Est-elle en nous plus près du ciel que du cercueil?
Elle nous asservit? Quel bonheur est le nôtre !
Vers les faibles, quel zèle anime un digne apôtre !
Je suis venu guérir, dit l'Agneau tout-puissant,
Au lieu de l'embonpoint, l'étique gémissant.
Le pauvre, vertueux, à vos devoirs demande ;
Vicieux, deux fois pauvre, à vos vertus commande.
Et ses pleurs sont de Dieu d'implacables arrêts,
Messagers de ses lois, expédiés exprès
Pour éprouver vos cœurs et vous montrer l'abîme
Aux pieds de l'opulent que l'avarice anime.
Surtout ne laissez pas aux oracles de tiers
Le sort des malheureux. Leurs pasteurs, leurs fermiers,

Seuls jugez leurs besoins ; seuls baume sur leurs peines,
Leurs pleurs, séchez leurs yeux ; leur sein, comblez leurs veines !
Votre zèle succombe à l'excès du fardeau ?
Appelez à votre aide un Bridenne nouveau,
A mourir disposé, plutôt qu'il vous abuse
Sur la vertu souffrante et que le vice accuse.
Rare est l'œil clairvoyant, juge parfait des cœurs,
Habile à discerner les vices des malheurs.
Très prévenus pour nous et très mal pour nos frères,
Il nous semble gagner à grossir leurs misères.
Un secret parallèle, infiltré dans le sein,
Nous montre ailleurs le trouble, et chez nous le serein.
Dussiez-vous égarer vos dons vers l'opulence,
Mal moins grand qu'affliger une seule indigence.
Vous avez voulu mieux adresser vos bienfaits :
A vos vœux, Dieu rendra vos enfans satisfaits.
Eussent-ils épuisé vos mines paroissiennes,
Ne vous effrayez pas, votre temple a les siennes.
　　Vous, vos prédécesseurs, vous l'avez enrichi,
Ce n'est pas pour en faire un sépulcre blanchi.
Il l'est, si d'un vain luxe il étale la pompe,
Soin superstitieux de zélateurs qu'il pompe.
Dites, Agneau de Dieu, riche âme de Jésus,
Quel hommage vous plaît, de l'or ou des vertus ?
Orgueil pharisien, tes dons sont des offenses ;
De l'humble publicain Dieu prévient les instances.
　　Banquiers, vous ne pouvez mieux employer votre or
Qu'à fondre aux pieds de Dieu vos lingots en trésor.
Vous vous rappelez tous ces riches abbatiales,
Justes, en leur orgueil, de leur rançon royale !
Vos pauvres, chers pasteurs, de leurs cœurs sont nés rois.
Des vices, de la faim, dégradés sous les lois,

Ils répandent vers vous leurs larmes suppliantes;
Au temple, leurs rançons dorment humiliantes.

Fonds-toi, trésor oiseux; orne-nous, crisocal;
Vertus, thésaurisons votre divin métal!
Par son or, nous verrons s'ennoblir l'opulence,
Au temple, en le versant, rançon de l'indigence.
Tandis qu'il s'accumule, il embellit l'autel;
Dès qu'il fond pour le pauvre, il se rend immortel.
Son éclat est créé pour relief à la pierre;
Pierre, éclat et relief sont au roi de la terre.
A ses plus grands besoins, notre or utilisé,
Sert mieux le Créateur, qu'en croix, paralysé.
L'olivier, l'acajou, ses non moins chers ouvrages,
Sont, à ses attributs, d'aussi flatteurs hommages.

Vous voulez que nos cœurs, par nos yeux, attirés,
Plus assidus au temple, y soient moins désirés ?
Dans toutes les vertus, du genre humain élites,
De loin, de près, comblez nos vœux par vos mérites.
Anges de paix, héros de charité, d'amour,
Médiateurs la nuit, nos modèles le jour,
Que votre front nous prêche avant votre science.
Sainte renommée est puissant fonds d'éloquence.
Point de discours d'apprêt, de plans étudiés,
Sans doute encor bien moins d'écrits psalmodiés.
Votre famille est là, vous l'abordez en chaire;
Votre âme lui transmet vos entrailles de père.
Dans ses regards, lisez ce que le cœur aspire;
Parlez à ses besoins, assez Dieu vous inspire !
Éclairez, conseillez, commandez, entraînez;
Pleurs, prière !... A genoux nous tombons prosternés.
Nous volons à l'instant chanter votre victoire,
Elle seule de Dieu, de vous, de nous, la gloire.

Tous vous ont bien compris. Sans partialité,
Petits, grands et puissans, à votre charité
Ont une part égale, et nulle préférence
N'enhardit un pêcheur à fuir la pénitence.

Son salut est la fin de votre ambition ;
Aussi le pur troupeau, *sans opposition*
A la moindre bonne œuvre, a du juste le zèle ;
Il veut vivre et mourir, aux lois, au roi, fidèle.
A la sublime Charte, avec son roi, soumis,
A l'autel, il craint peu qu'elle ait des ennemis.
L'autel n'accueille point d'orateur politique,
D'aucun vœu temporel, sujet *jésuitique*,
Capable de porter au parjure son roi,
Et d'outrer le pouvoir aux dépens de la foi.

L'absolutisme, en France, honteuse apostasie
De l'honneur, de la loi, plaît comme l'étisie.

A ce mot, libéraux montrez-vous conséquens :
Vous voulez que l'Église adopte nos sermens ;
Gardons le sien de même ; il fut d'abord le nôtre.
Chacun de nous en soit le sujet et l'apôtre.

Contre l'âme, le corps ose se révolter ?
Les sens, voilà ses champs, qu'il veut seuls récolter.
Il n'entend que leur voix ; leur âme n'est qu'un rêve ;
Épis, tiges, chardons, leur âme en est la sève.
Ainsi, Dieu, que l'on dit animer l'univers,
N'est qu'une cause aveugle à mille effets divers.

Pour bien dire, insensé, retourne la médaille ;
De tes épis dorés proclame la semaille.

Ainsi notre âme brille en tout sain jugement.
Tous les astres saluent l'auteur du firmament.

Tu conçois donc ton âme, et, sans que tu la palpes ;
Tu conçois, sans le voir, Dieu salué des Alpes.

L'âme, sans se montrer, raisonne, agit ; elle est.
Dieu, l'âme de ton âme et de ton intérêt
Raisonne-t-il assez dans ses calculs immenses,
Que le mérite sent, même dans ses absences,
Et que l'ordre désigne à tout esprit sensé,
Comme s'il éclatait sur l'autel, encensé.
    Tu sens ton âme et Dieu, l'un et l'autre invisibles
Aux yeux matériels, et d'eux seuls insensibles ;
Mais aux yeux de ton âme ose-tu le nier ?
Ils voient comme l'aveugle, au tact, voit un denier.
L'âme a-t-elle besoin de témoin oculaire
Où l'évidence abonde en tant de savoir faire ?
    Elle voit du même œil le temps, l'éternité ;
Le temps, la carrière où le prix mérité
Est l'éternel abri des peines de ce monde,
La gloire des vertus, en délices féconde.
    L'harmonieux garant vers mon humaine foi,
Jaillit de tant d'effets de la divine loi,
Que, sans absurdités, je ne puis mettre en doute
Que la terre est le seuil de la céleste voûte.
    Un garant plus sacré, c'est l'oracle divin,
Qui, si nous le voulons, change nos eaux en vin.
    Lisez ce qu'il a dit : quelle autre voix humaine
Proféra ses discours à la Samaritaine ?
Et tant d'autres décrets de ce code immortel,
Pure émanation du seul Être éternel ;
Ses paroles, autant de dons de sa sagesse,
Qui témoignent sa gloire et fondent ma richesse.
Voilà ce qu'il promet, sous la condition
Que le char des vertus nous conduise à Sion.
L'existence avouée, il est un bien suprême ;
Son absence est le mal ; Dieu c'est ce bien lui-même.

Pour nous seuls il créa ce qui charme nos yeux.
Nous, hérauts de sa gloire, il nous destine aux cieux,
Presque au-dessus de l'ange, attribut du mérite,
Qui, d'ici-bas, couronne une noble conduite.
  L'alliage est exclu de son divin séjour.
La pureté parfaite au plus parfait amour.
  Il est le bien suprême ; à ses contribuables,
Il promet dans son sein des bienfaits ineffables.
  Humains, efforçons-nous tous de lui ressembler,
Pour qu'il daigne à jamais vers lui nous rassembler.
  Le libéral, le juste, en France, synonymes.
Ordre, Dieu, lois, nos rois, amis parfaits, intimes,
Forment le libéral et le juste parfait.
Dérangez leur amour, adieu leurs plus beaux traits.
  Nul de plus libéral qu'un bon roi sur le trône.
Modèle des sujets, ô juste qui le prône,
Déclare aux absolus : La seule ambition
Pour l'excès du pouvoir est votre passion.
Un homme est-il un Dieu pour suffire à son règne ?
Absolus, vous voulez régner sous son enseigne !
  Prêtres, qui professez la justice sous Dieu,
Qui commandez leur culte et leur gloire en tout lieu,
A vos pouvoirs divins, la puissance royale
Laisse-t-elle entre nous une balance égale ?
  Pour vos droits temporels, pouvoir très superflu ;
Il suffit qu'à nos cœurs votre mérite ait plu.
Laïcs ; quelle serait, sur le cas, la sentence
Que vous suggérerait votre pleine science ?
  Vous vous résigneriez au pouvoir absolu,
Comme vous renoncez à l'espoir d'être élu.
  Sans partialité, le juste est toujours juste.
Pour l'idole, le prêtre a moins que nous, un buste.

Une heure, l'égoïsme a pu vous égarer ;
Revenez de l'erreur, facile à réparer.
Saints ; mais d'être abusés la crainte vous abuse.
Soupçon charnel ; péché. Lui-même vous accuse.
Je vous aime, aimez-moi, d'un seul fleuve, ruisseaux,
L'un envers l'autre, asile, appui de vermisseaux.
Prêtres, en sentinelle aux pieds de l'Évangile,
Près l'intérêt du ciel, qu'est celui de l'argile ?
Apôtres de nos lois, mourons pour leur vertu,
Plutôt que triompher, leur autel abattu.
Vous êtes citoyens avant que d'être prêtres ;
La cité périrait pour vous damner ses maîtres !
Riches de notre gloire, et non de nos sueurs,
Les couronnes des cieux, aux civiques grandeurs !
Mêmes os, même chair, mus par un seul système,
Dieu, la Charte, le roi, soient notre loi suprême.
   Je me garderai bien d'exclure vos talens,
D'où l'intérêt civil veut les plus excellens.
   Bossuet, Fénélon, et tant de saints apôtres,
N'ont, aux sources des lois, nul accès pour les nôtres !
Éliminerait-on et Voltaire et Calvin ?
Chacun d'eux n'est-il pas *législateur divin !*
Ces brillans corrupteurs, près la philosophie,
Sur notre âme obtiendraient droit de mort et de vie.
   Eh vous qui ne voulez qu'abuser dans le temps,
Vous jugez importuns ces sages importans,
Sacrifiant le jour pour éclairer les vôtres,
Damnés avec saint Paul, s'ils ne sauvent les autres.
   Soyons, je le répète, une fois conséquens :
Vraiment la lumière est le guide des gens ;
Et qui veut m'en priver m'ôte plus que la vie ;
Où son éclat abonde, elle est le mieux suivie.

A ses sources, eh bien ! qui puise mieux leurs eaux,
Que les clercs éclairés par leurs profonds travaux ?
Enivrés nuit et jour du vin de la sagesse,
Du vice, à la tribune, exaltent-ils l'ivresse ?
Qu'y portent les laïcs, sur qui vous vous fiez ?
Nourris des mêmes sucs, sont-ils purifiés ?
Chez tous, contre le vice il nous faut une digue :
Est-ce un vice plus fort, en sophismes prodigue ?
L'enfant gâté des sens, avec eux familier,
Au bien, quel ascendant pourra le rallier ?
Vous bannissez la croix, crainte qu'elle vous nuise ;
L'exil, au lazaret, doit déporter l'Église !
    Bannissez à la fois justes, saints et chrétien ;
De la justice tous exigent le maintien.
La croix assujettit jusqu'à la Comédie ;
Et du sénat en vain l'erreur la répudie.
Le libéralisme est le surnom de la Croix,
Chez qui veut des vertus n'écouter que la voix.
Tout schisme est donc un leurre. Infidèles à Rome,
Ne mériteront point d'en savourer la pomme.
Rome spirituelle est celle que j'entends :
Toute au ciel, étrangère aux passions du temps,
Qui propage l'esprit de la foi catholique,
Non l'ultramontanisme, éteignoir germanique.
Nous sommes sur la voie, et nul ne le dément ;
Qui la quitte s'égare irrémissiblement.
Il n'y en a pas deux ; la vérité n'est qu'une ;
Du point qu'elle déserte, on sonde la lacune.
Je fuis ma foi, je suis sans nul doute perdu.
Vous suivrai-je ? Mon cœur à son empire est dû.
Nul danger, dites-vous, si ma croix nous rassemble :
Sur vous, qui la fuyez, d'effroi mon âme tremble.

Appliquez à ce cas l'arrêt de Salomon :
C'est le ciel qui m'inspire, et vous, c'est un démon.
Vous voulez accorder le ciel à cent systèmes ;
Le mien seul a tout droit à ses bienfaits suprêmes.
Mon amour exclusif décèle qui des deux,
Dans sa doctrine, suit le droit chemin des cieux.
Enfin, le bon esprit ici seul en décide ;
Il est très superflu d'appeler d'autre guide :
Je cours, je me répète, à la mort, sur vos pas ;
Sur les miens, vous n'avez nul danger du trépas.

Si vous chérissez l'homme, embrassez donc la voie
Où le bonheur commun ensemble nous assoie.
Vous qui le refusez, seuls troublez l'union
Qui doit tenir liés les fils de Deucalion.

Seuls vous sacrifiez l'amour à la licence,
Qui vous doit sur la paix l'indigne préférence.

Réveillez vos esprits, savourez le bonheur
De partager d'accord, la paix, le ciel, l'honneur.
N'admettez au sénat d'autre philosophie
Que celle, aux pieds de Dieu, qui tous nous justifie ;
Arborez son beau signe ; il commence tout bien ;
Il est des lois, des mœurs, le ciment, le soutien.

Adorez avec nous l'Agneau qui nous console,
A l'image duquel l'homme ennoblit son rôle,
Et sur terre devient du ciel le vrai héraut,
Qui rend le jour si cher aux amis du Très-Haut.

Voilà le libéral : à la cour, sur la glèbe,
Son cœur met au défi tous les feux de l'Érèbe,
Réservés aux fauteurs du pouvoir absolu,
Des abus, des excès, horizon dissolu.

Digne monarque, heureux de la loi qui partage
Le pénible fardeau du royal esclavage !

La loi règne pour lui ; je jouis de l'espace
Qu'elle laisse à sa voix pour exhaler la grâce :
Amnistier le faible, effrayer les méchans,
Distribuer l'amour, la gloire, à tous les rangs ;
Étonner les mortels de l'énorme puissance
Que donnent les vertus, les lois et la clémence.
   Orateurs des saints lieux, publiez mieux que moi
L'attente des sujets, leurs promesses au roi :
Réciproques vertus, sentiment le plus tendre,
L'inestimable esprit de s'aimer, de s'entendre ;
Par le même sentier, s'élever jusqu'aux cieux,
Où l'amour à jamais les fait régner tous deux.
   Que n'ai-je à moi le temps ! j'ajouterais au vôtre
Pour faire ouïr souvent notre pasteur apôtre,
Qui court le grand danger de perdre son salut,
S'il parlait moins souvent, crainte qu'il nous déplût.
Ne le lui célons point : nous voyons cent mille âmes
En péril, de son feu s'il modère les flammes.
   La drachme qu'il reçut doit tant fructifier !
Féconde ! plus d'impie à voir justifier.
Semée aussi long-temps qu'il nous plaît de l'entendre,
Sa voix, aux publicains, va parler, va s'étendre.
   Dévots, à Geneviève, à notre saint martyr,
Adressez-leur souvent la prière, un soupir.
   Plus pour vous, que l'ardeur d'admirer notre athlète,
Exhaler l'Évangile, un saint, quelque prophète,
Et vous marquer d'ici votre place vers Dieu.
Vous, gagnez, appelez vos amis au saint lieu !
Dites au *philosophe* : Amant de la lumière,
Suis-nous, viens éprouver comme elle nous éclaire ;
Livrés sur l'Océan aux vagues de ses flots,
Tu vas encourager pilote et matelots.

Viens du vrai nautonnier recueillir la science
Et du riche armateur imiter la prudence.
Tu n'auras pas ouï notre Paul, ses conseils,
Que tu t'empresseras, zélé, vers tes pareils,
D'inspirer à leur âme, un long-temps abusée,
Ton mépris pour Voltaire et ton goût pour OSÉE.

D'âme en âme, bientôt les pleurs de ce cher PAUL
Accroîtront son troupeau, d'un saint, dans chaque *Saul*.
Les pleurs, oui, je l'ai dit, les pleurs et la prière
De nos cœurs endurcis triompheront en chaire.

Là même il faut descendre, ou plutôt s'élever ;
L'auditoire est à nous, vous allez l'enlever.
Quelle gloire et quels feux ! ce sont ceux de la grâce,
Dont le plus céleste art vient d'embraser l'espace.
O victoire ! ô bonheur ! des cœurs gagnés à Dieu !
Combler l'âme d'amour, de paix, dans le saint lieu,
D'où le charme au dehors se répand, communique,
De sagesse et de joie un essor magnifique.

Ne cesse d'épancher, effusion du cœur,
De tes entraînemens cet ascendant vainqueur.
Charme, éclate, attendris, commande, et m'électrise ;
D'accens de foi, d'amour, fais retentir l'Église !

La foi ! de tous discours qu'elle soit le début.
Parlassiez-vous cent ans, vous manquez votre but,
Lorsque la question pour raison se présente :
Sans force on a conclu, loin de l'antécédente.

Frappe d'abord l'esprit, oracle de la foi,
Pour me faire adorer ses promesses, sa loi.
Sois, d'apôtres armés, l'avant-garde, l'exorde,
Des sceptiques du camp qui balaie la horde !

De là tout corollaire est sans peine adopté ;
Le discours, aux besoins, est bientôt adapté.

Ah ! le secret de l'art est tout dans l'Évangile !
La sainteté, l'amour font l'orateur habile ;
Moins l'administrateur que ministres fervens,
Vont graver dans nos seins leurs pieux sentimens.
Cœur qu'ils ont pénétré, comme Jésus, l'Église,
Est un globe de feu, brûlant sans qu'on l'attise.
Le calcul personnel qui pressent l'évêché,
Trop souvent courtisan, n'a pas le mieux prêché.
Comme on dit à Berlin, il fait de belles *pièces ;*
Par malheur, elles vont sans fruits à leurs adresses.
  La composition de l'orateur chrétien,
C'est aux pieds des autels, au prie-dieu, son maintien,
La méditation des pères de l'Église,
L'Évangile en son cœur, mon salut sa devise ;
Un touchant abandon et l'ardeur en son sein,
Pour que chacun de nous l'aime et l'imite, saint.
Sous ses yeux, nos besoins ; la volonté divine ;
Pour la dire, il paraît ; chaque cœur le devine.
  Père, il éclaire, il presse, il force ses enfans.
A faire de leurs cœurs vers Dieu fumer l'encens.
  Pour soustraire la France à d'autres de Villèles,
Saint-Louis, il peindra tes vertus immortelles,
Te votant de nos jours de vrais imitateurs
Du juste, de nos lois, sages conservateurs,
Zélés à nous mener au bonheur, à la gloire,
Loin de faire gémir et le siècle et l'histoire,
Si des Gaules l'amour pour CHARLES, cœur de roi,
N'eût marqué dans le sien le prix de notre loi,
Et des Sullys qu'il faut, dignes de soulager,
De lier, d'agrandir le troupeau, le berger.
Ils ne peuvent faillir : LA PAIX conduit la guerre ;
Brûlant du même amour, PIÉTÉ, notre mère,

Ton âme écartera du berceau les serpens
Qui, sous des peaux d'agneaux, aspiraient tes enfans.
La loi fait les honneurs du règne qui possède
UN DAUPHIN, aux vertus duquel toute erreur cède;
UNE DAUPHINE grande autant que ses malheurs;
Un ORATEUR qui change en mérite nos pleurs.
Un lustre, il a conquis l'amour de ses paroisses.
Un diocèse laisse un veuf comblé d'angoisses,
Celui qui droit au ciel mène un moindre troupeau
Peut en rendre un très grand, digne du saint Agneau.
Il voit ses successeurs à l'envi sur ses traces
Continuer son œuvre, et saints remplir leur place.
Mes vœux et mes conseils révèlent mon héros
Que j'offre pour modèle aux sages, seuls dévots.
Puissé-je l'imiter pour le prix de ma joie,
Quand j'ouïs murmurer : MONSEIGNEUR nous l'envoie.
SA GRANDEUR au parfait sait ce qui nous convient;
Ses promesses de père, Olivier nous les tient.
La Sagesse connaît quel parfait ouvrier
Seul pourra tempérer nos cris sur Charpentier,
Que nos vœux disputaient au divin héritage.
Piété, gagne-nous au ciel son patronage.

ENVOI.

HONORABLE ET TRÈS CHER PASTEUR,

Mon culte au presbytère eût troublé vos loisirs;
Je sers mieux Dieu, vous-même en ces pieux plaisirs
Que je goûte à briguer toute votre indulgence
Pour un si pauvre hommage offert à l'opulence.

FIN.

www.ingramcontent.com/pod-product-compliance
Lightning Source LLC
Chambersburg PA
CBHW061855080726
47597CB00010BA/4209